KB097748

꽃같이 살고 싶다

꽃같이 살고 싶다

김미경 시집

열림원

1부

꽃같이
살고 싶다

2부

한 단어로
쓰여진 편지

3부

아름다운
동행

1부

꽃같이 살고 싶다

풀꽃

네가 거기 있는 줄
몰랐다

구석에서 날 바라보고 있는 줄
몰랐다

가슴을 시리게 하는 게 너일 줄
몰랐다.

소나무 한 그루

해가 뉘엿뉘엿 질 무렵
작은 소나무 한 그루 심어주오

뜨거운 심장을 감당하지 못했던
젊은 시절의 상처가
아물기 바라는 내 마음이오

제법 자라 가지 사이로
따뜻한 한 줄기 빛 들거든
그 온기로 다시 호흡하고픈
내 희망이라 여겨주오

종달새 한동안 그 가지에 앉았다
저 멀리 날거든
한세상 넉넉히 행복했다는
작별 인사라 여겨주오

나 죽거든

해가 뉘엿뉘엿 질 무렵
작은 소나무 한 그루 심어주오.

갈대의 고백

저는 늘 슬픔에 젖어
발밑은 눈물로
흥건합니다

저를 흔드는 것이
달빛인지
세상인지
중심을 잡을라치면
휘파람 소리가
헤집고 들어옵니다

그럼에도
제가 이렇게
오래 서 있는 것은
떠나지 못한 철새들의
둥지가 되어주고 싶어서입니다

그럼에도
제가 이렇게
오래 서 있는 것은
갈데없는 영혼들의
안식처가 되어주고 싶어서입니다

그럼에도
뿌리부터 스멀스멀 올라오는
추위를 견디려 하는 것은
열매를 맺지 못해
서로 살을 부비며
곁을 지키고 있는

내 친구들의 노래를
듣고 싶어서입니다.

산행

붓짐을
툭 건드리면
이야기꾼
내 동무 되고

발걸음
몰아붙여
행복에 휩싸이다

그리운
이 바람은
누구의 체취인지

하늘이
내려앉은
그대는 내 님이다.

꽃같이 살고 싶다

훅 떨어지면
다시 일어나지 못함을
모르는 것처럼
살고 싶다

꽃같이 살고 싶다

한 번쯤은 눈이 부셔
광채가 하늘을 덮어
눈 멀고 귀 멀고
그렇게 살고 싶다

꽃같이 살고 싶다

선홍색 피로 물들어
어느 날 갑자기
땅에 널브러져도

누구에겐 위로가 되는
그런 삶을 살고 싶다

꽃같이 살고 싶다

지나간 자리에
꽃말이 영원히 회자되어
내 귀에 들려오는
그런 삶을 살고 싶다.

믿는다

봄이 봄인 것을
꽃이 꽃인 것을
바람이 바람인 것을

믿는다

네가
내 운명인 것을

믿는다.

못을 찬양하다

어루만지기에
툭 불거져 나온
너무 아픈 상처
살을 에는 용기로
몸의 일부분이 되어준
그 구멍이
부활이다

유행에 뒤진
붉은 녹을 입고
한 자리를 지키는
예사롭지 않은
일편단심

머리가 깨지는 고통을
용서로 침묵하는
아름다운 너를

세상이 흠모하다
우리가 찬양하다.

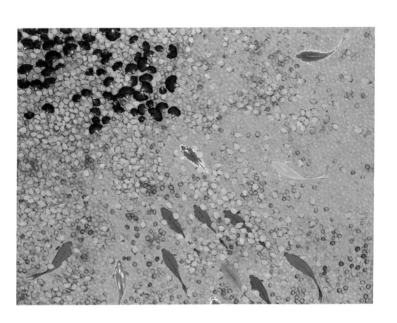

시들은 꽃

얼마나 고단했느냐

꽃 같은 시절도 고맙지만
지금의 네가 더
마음에 든다

햇빛의 찬란했던 자태에
지나가는 이의
훔친 눈빛과
축제의 들뜸에
땅에 묻어버린 진심을
어찌했느냐?

이제
속으로 울 필요 없다
허리를 꼿꼿이 세울 필요도
없다

생은 다 그렇듯
그리 길지 않은
한 번의 영광이
충분히 너를 행복하게
하지 않았느냐?

지금의 네가 좋다
무대에서 내려와
큰 호흡을 하는
세월의 흔적이
아름답지 않으냐?

물속의 돌

온몸을 휘감은
무거운 물줄기에
아픔은
잠기고 더 깊이 잠겨야
결국 헤어 나올 수 있으리

온몸이 오그라드는
차가운 서릿발에
슬픔은
아리고 더 아려야
결국 깨어 나올 수 있으리

온몸이 견뎌낸

살을 에는 부딪침에

외로움은

쓸쓸하고 더 완벽히 쓸쓸해야

결국 걸어 나올 수 있으리.

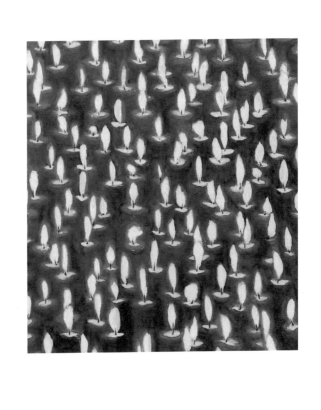

다 타버린 연탄

까만 정장의 청년이
백발의 노인이 되다

후회는 없다

불같은 사랑을 한 번은 하지 않았나?
살이 타들어가는 그런 사랑 말이다

재가 되어 내가 없어지는
그런 사랑 말이다.

고구마

컴컴한 땅속
어두움 속에서
탯줄을 끊는
아픔을 간직한 채
어지러운 마음으로
세상에 나오니

고통의 불속으로

세상의 껍질에서
분리되어
노랗게 익어
희생을 기꺼이
즐거운 삶

나는 고구마.

바다 1

나의 광야에 물이 찼다
검푸른 아우성이 모든 걸 삼킨다
기꺼이 포로가 되어준다.

낚시

오가는 이들의 사연을
묵묵히 듣고 있는
구름

그 사연 담아 안고
한 가득 충만한
바다

낚싯대 드리우면
구름도 바다도 배도
설렌다

바람이더라

하늘도 물결도 뱃사공도
한가하다

세월이더라.

종이 인형

누군가 저에게 심장을 주신다면
따뜻한 차 한 잔을 마시기 위해
물을 끓이겠습니다
온몸에 도는 촉촉한 기운에
눈물을 흘리며 감동하며
두 다리로 땅을 딛겠습니다
눈을 크게 뜨고 보이는 모든 걸
기억하려 노력하겠습니다
사랑은 아니 하겠습니다
헤어지는 아픔을 견딜 수는 있지만
그 아픔을 나눌 용기가 없기 때문입니다
뜨거워진 심장을
오래 갖게 해달라는
부탁은 아니 하겠습니다
신이 주신 잠시의 빛만으로도
충분히 아름다웠기 때문입니다.

중앙선

달려오는 차들과 나는
반대 방향으로 달리고 있다

종착역이 서로 다른 우리들
너는 저쪽으로
나는 이쪽으로

누가 그어놓은 선인가?

첫사랑

첫 발자국
눈이 아주 오래도록
눈이 오래도록 하얗게 내려앉고
눈이 내리고 또 내려 쌓이고
눈이 계속 오는데
그 발자국
그대로
그 발자국
그대로.

빨간 장미

눈물이 말라
가시가 되는 고통 속에
덤불을 헤집고 나오는
억척스러움

더듬어보니
그 선홍색 피가 너의
정열이 되었구나

주여
살아 숨 쉬는 동안
더 붉게 물들게
도와주소서

가시로 가득한
우리네 인생
다시 살아나는

빨간 장미가
되게 하소서.

내리막길

나는 내려가는 길이 좋다

씀바귀 살갈퀴 봄맞이꽃
꽃마리 주름잎풀
하나하나 이름을 불러주면
내게도 꽃 이름 하나 선뜻
머리에 꽂아준다

나는 내려가는 길이 좋다

가랑비가 쏟아지던 어느 날
내게 쉬어가라 말 걸던
구름 하나가 발걸음에
바람 한 뭉치 달아주었다

나는 내려가는 길이 좋다

부추전 부치며 기다리는
엄마 목소리 들으며
아등바등 살았던 엊그제
그 땀을 닦아주는

내려가는 길이 좋다.

무슨 소용이냐

푸른 산은
새들을 기다리고

풍성한 빗물에
호수가 채워지고

여름은 팔 벌려
안아달라 하고

노랫소리는
세상에 가득하고

빨간 석류는
가을을 감탄하고

그런데
이게 무슨 소용이냐

이게 다 무슨 소용이냐 말이다

네가 없는데.

아름다운 작별

저는 큰 약점을 잡혔습니다

시간을 멈춰달라는 부탁은
안 하기로 했습니다
산 중턱에 걸려 있는 구름을
바람도 어찌할 수 없듯이
계곡의 물줄기를
세월도 어찌할 수 없듯이

어딘가에서
기다려달라는 부탁은
안 하기로 했습니다

너무 사랑해서
아무것도 할 수 없다는 걸

그저 물끄러미 놓아주는 것이

아름다운 작별이라는.

2부

———

한 단어로 쓰여진 편지

유리창

하늘 맑음
하늘 흐림

정직한 그대가
비둘기 한 마리 초대한 날
예쁜 손녀딸이 태어났습니다

정직한 그대가
굵은 빗방울 초대한 날
울 엄마 돌아가셨습니다

육십 년 알고 지낸
달님도 해님도 추억도
다 데려다준
고마운 분

정직한 내 친구.

내 소리

눈 오는 소리
마소가 풀 뜯는 소리
늙은 소의 워낭 소리
아이들이 책 읽는 소리
바람 소리
배가 토해내는 뱃고동 소리
당신이 날 부르는 소리
피아니스트의 건반 소리
이 소리
내가 내는 소리
내가 부르는 소리

내 소리.

보고 싶은 어머니

지하철 계단 위로
쩔뚝거리며 올라오는 모습에
화들짝 엄마라고 부를 뻔했다

전라도 사투리가 창피하고
혼자 이겨낸 억척스러움이
부끄러웠던 이 딸은

맛난 소고기도 이쁜 반지도
못 해준 이 딸은

당신 없인 아무것도
할 수 없다는 이 딸은

면목이 없어서
너무 면목이 없어서
아직은 당신을 보낼 수 없다

그럴 수 없다.

아버지

낯선
그 방에
쪼그리고
있는 아이

닮고 싶어
불러보지만
안 오신
당신

나중에
나중에
찾거든
버선발로
나와 주오.

바다 2

돛단배를 띄운다

괭이갈매기
섬에서 날아온 송홧가루
백사장에서 묻어온 발바닥 모래
비릿한 바닷물 냄새
고향 집에서 불어오는 바람

승선자 명단이다
바다가 초대했다.

임진강

저 강은 왜 우리를
슬프게 하는가?

저 강은 왜 우리를
그리움에 사무치게 하는가?

저 강은 왜
새벽까지 달려와 보려 해도
안 보여주는가?

오래도록 서 있는
저 이팝나무도
오래도록 울고 있는
저 풀꽃도
저토록 보고 싶어 하는데

왜 안 보여주는가?

철길

애틋한 저 길은
내게 묻는다
어딜 가고 싶냐고

애틋한 저 길은
내게 묻는다
무얼 그리워하느냐고

애틋한 저 길은
내게 묻는다
같이 가겠느냐고.

하늘을 읽다

뭉게구름 안개 되어 내려앉아
다시 돌아올 수 없음에
통곡하다

생의 경계선 위에
해님도 달님도 환한 것은
보고픈 사람들
다 거기 있어서

눈을 감아도
별들 총총한 것은
다시 환해질
눈부신 기대에 벅차서

소리 없는 가랑비
한 가닥씩 스며들어
하늘을 읽다.

엄마 냄새

하얀 밥 위에
갈치 살 한 점
엄마가 놓아준
겉절이 한 조각

입안 가득
엄마 분 냄새
젖 냄새

넘어져 까진
무릎 생채기에
호오 발라주던
엄마 침 냄새

그 냄새
그 손길

빈 생채기만
빈 그리움만.

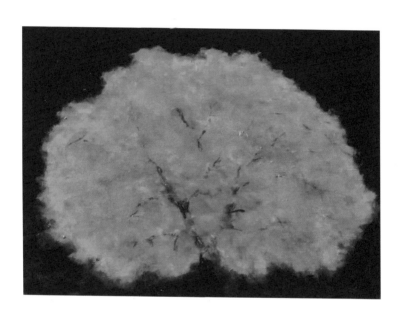

군남댐

흘러
흘러
쏘가리
참게
빠가
껑지
고향 집
엄마 소식도
흘러
흘러
온통 대지를
적셔줘

네가
문을 열어줘.

바다 3

아프면 오라고 한다
슬프면 오라고 한다
보고 싶으면 오라고 한다
떠나고 싶으면 오라고 한다
안기고 싶으면 오라고 한다

자기가 엄마인 줄 안다.

피아니스트의 고민 1

크레센도를 할까 디미누엔도를 할까?

점점 커지나 갑자기 커지나?

점점 작아지나 갑자기 작아지나?

인생도 같아

크레센도냐 디미누엔도냐?

그 순간

풀잎이 처음 세상에
머리를 들이민 순간

건반에 처음 닿는
소름 끼치는 순간

당신을 처음 본
가슴 떨리는 순간

우리 아들 세상에
처음 나온 순간

꽃잎이 사르르
떨어지는 순간

당신과
헤어져야 하는 순간

모두

나의 순간들.

주저앉다

슬그머니
털썩

주저앉다
쉬고 싶다

아, 좋다.

잠깐이다

불에 올려놓은
라면 국물
끓어 넘쳐
면발만

첫 만남 설레며
밤잠 설쳤던 그 사람
어느새
희끗한 노신사

아장아장 걷던
우리 아들
어느덧
턱수염 청년

엊그제
대학 졸업 파티

이제는
환갑잔치

모든 게
잠깐이다
정말 잠깐이다.

젖다

땀에 젖다
비에 젖다
슬픔에 젖다
느낌에 젖다
감격에 젖다

나이가 드니
삶에
젖어들다.

S.K. BAE

피아니스트의 고민 2

박자대로 칠까 좀 자유롭게 칠까?
레가토로 할까 스타카토로 할까?
무겁게 칠까 가볍게 칠까?

인생도 같은 고민

좀 느슨하게 살까 빡세게 살까?
이웃과 끈끈하게?
심각하게 아님 좀 놀면서?

떠나다

한 명이
떠나다

또 한 명이
떠나다

이제
내가
떠날 차례다.

빈손

늘 잡아주던 손
어느 날
산을 내려오는데
빈손이 되었네

온기는 아직
나를 감싸는데
그 손 어디 갔나?

함께 보던
나무도
함께 맡던 향기도
그대로인데

빈손
그리운 손.

서울역

잠시의 빛이
노을로 가로막다

떠나는 이
떠나보내는 이

호박전 쑥떡
효도하러 가는 며느리
손자 마중하는 할아버지

서둘러 올라타느라
기차의 섭섭한 뒷모습을
놓치다

모두 가버린 서울역
슬퍼하지 않는다
떠나면

다시 돌아올 걸 알기에.

보고 싶은 이유

밥 먹다 한 숟갈 남은 숙주나물을 봐도
보고 싶고

길 가다 우연히 나뒹구는 나뭇잎을 봐도
보고 싶고

우체통에 꽂혀 있는 편지들을 봐도
보고 싶고

파란색 원피스를 입은 여자아이를 봐도
보고 싶고

그냥 모든 게 이유다
네가 보고 싶은.

한 단어로 쓰여진 편지

당신에게
편지를 씁니다

순백색의 물방울들이
사연이 되어 흩어집니다

솔잎 향기 바람이 물어다
발밑에 떨구어주고
팬 흙은
두 발자국입니다

산이 깊어
새소리도 녹음도
형형색색 다양한데

제가 쓸 단어는
하나입니다

사랑합니다.

후회

남도 김치와 모둠전을
먹으러 갔을 때
엄마는 울고 계셨다
욕을 해대면서
원망을 퍼붓지만
결국 그리워서다

놀이터에서
마지막 체온을
지푸라기 잡는 심정으로
사진을 찍어대지만
눈을 감아버리는 것은
결국 기억이 길어서다

냄새가 배어
정나미가 떨어져
울지 않으려 버티지만

역사가 내 운명인 것을
결국 알아버려서다

후회는 그리움
그리워서다.

3부

———

아름다운 동행

연날리기

긴 인연으로
높이 높이 올라
온 세상을 누벼라

바람을 등에 업고
내 몫까지.

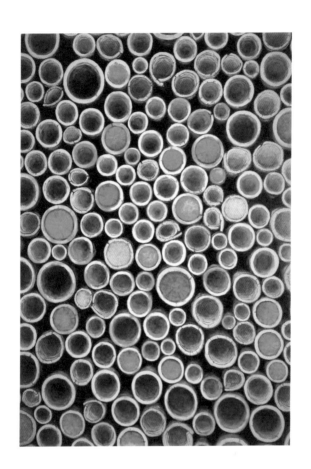

냉면과 계란 반쪽

껍데기 홀러덩
알몸을 드러내
부끄러워
세월의 주름진
누런 면에 획 감겨
숨을라치면
하얀 속살에
노란 달덩이가
눈부시게도 환한 미소로

인생 그거 별거 아녀

동글동글 입안에 흩어지며
똬리 튼 줄기들이
고집스러운 노인네
입안에 녹아내리다
눈물인지 땀인지

범벅이 되어

물줄기는 시원해서
노랗든 하얗든
짧든 길든
다 괜찮다네

다 괜찮답니다.

산다는 건

천천히 걷는 것

무대 위의 조명을
아쉬워하지 않는 것

늙어가는 눈빛을
아름다워하는 것

슬펐던 눈물 한 동이
바다에 떠나보내는 것

함께 걷던 그 길을
다시 걸어보는 것.

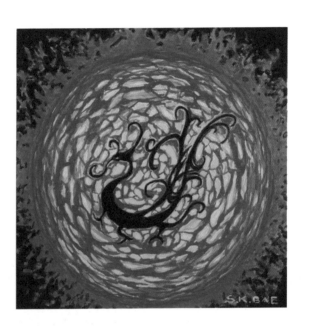

태양 속의 삼족오

하나의 붉은 빛이 지면
또 다른 해가 생기고
그 모든 세상은
셋이 되어도 눈부시다

달을 길어 올리는 샘물과
그물을 통과하는 바람
그리고
한 번도 놀러 온 적이 없는
그 손님은
세상 밖 긴 계단에서
겨드랑이 북북 문지르며
상처 난 물구덩이

바람무늬 일으키고
요하강에서 낙동강으로
비단자락 드리우다

시작 없음은

또 다른 시작이듯

하늘 끝자락은

새로운 옛사람이듯

호흡하고

딛고

날아오르다

태양 속으로.

길

하늘에 닿으리
어둠이 걷힐 때까지
다 닳은 신발은
어느덧
가벼운
내 눈물의 흔적

바람이 완벽해서
나는 저절로 흥겨워
마지막 노래를
부르고
또 부르고

뒤돌아
지나온 날들이
기적이듯
걷다 보면

수많은 기쁨이 있으리.

바다로 난 길

바다에 가고 싶다
바다로 향하고 싶다
바다로 난 길을 걷고 싶다.

문

이 세상
저 세상에 끼어
수고가 많다

태고의 전설 꺼안고
오롯이 견디는
늠름한 장군같이

소리도
향기도
세월도
다 보내고

남는 그림자
오랫동안 잉태하여
역사가 되다

보내고 간직하고

네가 되고 싶은

나는

누구의 문이 되어본 적은

있었던가?

생의 한가운데

손톱 위에 흐르는 흙처럼
그저 바라보다
벌써 저만큼

하얀 눈발이 쏟아져
치우다 보니
황혼이 어느새

어제도
오늘 부른 노래도
이 길 밖에는

강이 넘쳐
무릎까지 오는데
건너야지

건너가야지.

징검다리

아득해 보여도
그리 멀지 않습니다
많은 것 같아도
금방입니다
은빛 물고기처럼
건너가겠습니다

돌 하나, 돌 둘, 돌 셋

체온을 녹이는
영혼의 강은
깊은 수렁에 빠진 우리를
용서의 징검다리로
인도합니다

신이 놓아주신
피조물은

또 하나의
사랑입니다.

나가고 싶다

나가고 싶다
저 문으로
가다가 돌부리에 채도

나가고 싶다
저 문으로
가다가 소금이 되어 굳는다 해도

나가고 싶다
저 문으로
누군가 발을 잡고 안 놓아준다 해도

나가고 싶다
저 문으로.

아름다운 동행

당신은
길목에
서 있었지요
그 길이
우리의 여정이 되었습니다
숲으로 난 길은
적당히 습하고
적당히 추워서
당신의 온기가
용기가 됩니다
함께 항해했던
저 대양은
어깨를 내어준
당신에게
손을 놓지 않은
저에게
어머니가 되었습니다

팍팍한 이 생
함께여서
고맙습니다.

날개

신발은 필요 없다

가려운 겨드랑이를 긁으면서
바람을 기다려본다

눈이 너무 부시다

날고 있는 중이다.

독도

괭이갈매기가
온 겨레의
희망을 업고
우리를 부른다

부서지는 파도는
아픈 고통의
역사를 안고
우리를 부딪친다

꼿꼿한 등대는
눈물을 안 보이려
의연히 우리를
눈짓한다

우리는
태극기 들고

손 흔들며
아우성친다
우리 땅 독도에서.

DMZ

한반도를 가로지르는 248킬로미터 철책선과

능선의 칼날 끝에 간신히 얹힌 초소들

평화가 시작되어야 하는 곳

가보고 싶은 곳

노루도 풀벌레도 그리움에 몸서리치는 곳

전설은 마음속의 응어리를 다독이며

기다리라 하네

화합의 오케스트라가 교향곡을 연주하는 날

우리가 손잡고 앞으로 나아가리.

인연

소나무를 심었습니다
인연이지요

바람이 추억을
가져다주었습니다
인연이지요

어제 본 하늘도
오늘 본 구름도
인연이지요

떠나고 싶지 않은
인연입니다.

보고 싶은 사람이 있습니다

보고 싶은 사람이 있습니다
생각만 하면 눈물이 나는 사람이 있습니다
비가 오면 함께 걷고 싶은 사람이 있습니다

보지 못해도 계속 생각나는 사람이 있습니다.

너는 내가 그린 그림이야

붉은 장미는
아직도 설레는
내 심장이고
파란 들판은
함께 딛고 싶은
우리의 평원
소나기를 품은
하늘의 구름은
너를 적셔줄 축복

너는 내가 그린 그림이야
너는 내가 그린 세상의 행복이야.

차창 밖의 그 사람

버스 창밖
우산을 들고 서 있는 그 사람
빗물에 눈시울이 어려
창문을 문질러보지만

기억하고 싶은 모습은
보이질 않네
한 사람 두 사람
그 사람은 타지 않고
버스가 떠나려는데

내가 내려버렸네
그 사람 우산 안에
내가 있네

버스는 떠나고
우리만 남았네.

풀 먹인 하얀 칼라에
까만색 교복 입은 단발머리 소녀가
어쩌다보니
손녀딸만 보면 행복해하는
할머니가 되었습니다.

그 소녀는 국어를 담당하셨던 담임선생님 따라
우연히 참석했던 전국 고교 백일장에서 상을 받게 된 후
마치 시를 꼭 써야 할 것 같은 큰 재주를 타고난
사명감에 사로잡히게 됩니다.
바쁘다는 핑계로 하루하루를 부담감에 지내다
사십 년이 지난
어느 여름날 드디어 시를 쏟아내기 시작했습니다.
가슴에 묻어두었던 불같은 떨림이
스물스물 나오기 시작하더니
이제는 멈추는 방법을 알 수가 없습니다.
멈춰지지 않습니다.

젊었을 때 팩팩거리던 성질은 다 죽어
이제는 뭘 봐도 이해가 될 것 같고
타오르기만 할 줄 알았던 열정은 알맞게 식어
이제 선선한 바람을 좋아하며
천천히 내려가는 길을 음미하고 있습니다.
아주 천천히 매일매일 감사하며
그동안의 고단함을 껴안으려 합니다.

좋은 그림으로 늘 내 곁을 지켜주고 있는 배 박사님께
사랑과 감사를 보내고
오래오래 나의 시 옆에 있어주기를 기도합니다.

"내가 빛나고 있는 줄 알았는데
그대가 나를 비추고 있었네."

그동안 나를 빛나게 비춰주고 있었던
가족들에게 이 시를 바칩니다.

꽃같이 살고 싶다

초판 1쇄 인쇄 2021년 10월 15일
초판 1쇄 발행 2021년 10월 22일

지은이 김미경
그린이 배성기
펴낸이 정중모
펴낸곳 도서출판 열림원

출판등록 1980년 5월 19일(제406-2000-000204호)
주소 경기도 파주시 회동길 152
전화 031-955-0700
팩스 031-955-0661   페이스북 /yolimwon
홈페이지 www.yolimwon.com   트위터 @yolimwon
이메일 editor@yolimwon.com   인스타그램 @yolimwon

주간 김현정   마케팅 홍보 김선규 임윤정
편집 조혜영 장서원 황우정 최연서   온라인사업 서명희
디자인 강희철   제작 관리 윤준수 이원희 고은정 원보람

ISBN 979-11-7040-051-6 03810